LES
GARÇONS DE CAFÉ

ET

DE RESTAURANT DE PARIS,

PAMPHLET EXTRAIT

D'UNE PHYSIOLOGIE DU MAUVAIS GOUT,

GASTON VORLAC.

« Che n'est pas que cha soye sale,
mais cha tient de la plache. »

Apophthegme auvergnat.

PARIS,

ALPHONSE TARIDE, LIBRAIRE,

2, RUE MARENGO.

1856.

AUX RESTAURATEURS.

Gens estimables, durant vingt ans vous m'avez empoisonné (1) : aussi ai-je appris dans votre commerce un art nouveau, celui de mal digérer. Dans peu j'en dicterai les règles, sous ce titre : *Physiologie du Mauvais Goût*. Prenez-en votre parti, je vous déprécierai fort ; et comment ? *Nous l'allons montrer tout-à-l'heure.* Ne vous pressez pas tant, car pour des sujets de rire, vous n'en aurez guère, s'il plaît à Dieu. J'userai d'un de vos procédés, j'assaisonnerai mes méchancetés d'un sel, non point attique, mais gros, celui-là, comme le vôtre. Ah ! je vous ferai sauter, mes petits ! Saute, restaurateur ! Vous riez ? vous prenez cela en bons diables, et vous vous souvenez du « Saute marquis ! » Allons, c'est faire preuve d'esprit, je

---

(1) Délicieusement nourri. Empoisonner est un verbe actif tiré de l'argot *empoisonneur,* employé pour la première fois dans ce vers

Jamais *empoisonneur* ne sut mieux son métier.

On a, depuis Boileau, dénaturé le sens de cette expression.

ne vous en croyais pas tant : montrez-en beaucoup, en acceptant avec un salut magistral la dédicace de ces études, que vos garçons, — vous savez ceux que j'entends, m'ont inspirées. Ils sont charmants vos garçons — ceux que j'entends, ils vous ressemblent; moins le toupet. Voilà.

Ah! à propos, ne laissez pas traîner mes feuillets sur vos tables... ce serait dangereux. *Valete.*

LES GARÇONS DE CAFÉ ET DE RESTAURANT

DE PARIS.

« Che n'est pas que cha soye sale,
mais cha tient de la plache. »

Apophthegme auvergnat.

I.

La caste la plus bizarre, la plus risible, la plus indéfinie, la plus despotique, la plus propre en apparence et la moins appétissante en réalité, la plus adulatrice, la plus gouailleuse, la plus prodigue, la plus rapace, la plus Nicodême, la plus collet-monté, la plus cravatée et la plus brossée est celle où les maris peuvent encore se trouver garçons.

La langue française n'avait aucune expression pour

qualifier le valet d'estaminet et celui de restaurant : les piliers de ces établissements le baptisèrent du nom de garçon.

II.

L'aristocratie des garçons n'habite pas les restaurants. Un garçon ne peut être bon garçon sans avoir hanté ces temples modernes de la paresse et de la prodigalité qu'on a nommés cafés. C'est là qu'il a discuté les journaux de l'opposition et ceux du Gouvernement. Les hommes de lettres et les hommes d'état ont soutenu devant lui leurs paradoxes. Les cigares du comte de X. et du marquis de C. n'ont jamais été apportés que par lui. Il a servi pendant cinq ans la demi-tasse de M. le marquis de K. Il s'est frotté à tous les beaux-esprits de l'Europe : il a pris un vernis de leurs manières, il s'est imbu de leurs principes, il répète leurs gentillesses, il affecte leur accent, leur sage lenteur dans la conversation ; il est parfait, il est parfait... c'est un garçon de café !

III.

Voyez, au contraire, ce pauvre diable, la serviette au bras et la cuiller à la ceinture, qui va courant d'une table à l'autre, les mains chargées de mets et d'assiettes sales : il souffle, il sue, il bave ; nulle table n'est vide, il manque d'un instant pour essuyer son front chauve ; ah ! plaignez-le bien ! Ce n'est pas lui qui songe au journal ; à quoi songe-t-il donc ? Vous le demandez ? N'a-t-il pas à servir les tables numéro un, trois, cinq, sept, neuf et onze, tables garnies chacune de six appareils buvant et mangeant, de six gouffres sans cesse altérés? N'a-t-il pas encore à répondre à cent cris discordants, au choc des verres, musique infernale à réveiller les morts, à rendre insensés les vivants. « Garçon ! de ci; garçon ! de là. Eh ! garçon ! Eustache ! Anténor ! Sophronyme ! » L'admirez-vous tournant, virant, caracolant. Il a passé la cinquantaine, et cependant il est aussi leste que le poulain qui bondit dans les prés et que l'agneau poursuivi par les chiens : c'est un prodige d'adresse, d'agilité, c'est un sylphe. Des montagnes de porcelaine passent par ses mains, rien n'en sort fracturé. Il a cent bouches comme la Renommée, cent yeux comme Argus, cent bras comme Briarée, des bottes de sept lieues comme l'ogre de la fable : c'est un garçon de restaurant.

IV.

« Mais le petit café, me dites-vous, a aussi ses labeurs. »

Et toi, lecteur intelligent, tu t'écries : « Le beau moraliste ! Il oublie Véfour et Véry ! »

Point, mes mignons; mais je n'admets qu'une seule espèce de cafés, les grands : Foy, Tortoni, et je leur assimile les Véfour et les Véry. Chapeau bas devant leurs altesses. En revanche, je ne reconnais que de petits restaurants. Le restaurant et le petit café ne sont pour moi qu'une seule et même chose : gargotte.

V.

Ce qui fait le désespoir du garçon tombé du café dans

la gargotte, ce n'est pas tant le travail sans fin auquel il s'évertue que la société débraillée qu'on lui impose. Ah ! ce ne sont plus messieurs les marquis de la Roche Malassise, de Valenpointe et de Kerkansadirediderec, les ducs d'Hervatusal et de Saint-Tracmandeuil, les comtes de A***, de B***, de C*** et de Z*** qu'il faut servir, mais une foule de godailleurs nommés Balibaille, Porcher, Troussevache, Coulibette, Frangorgu, Romarin, Betoulet, etc., etc. Ce ne sont plus de jolis doigts gantés beurre frais qu'il voit se déshabiller devant lui, mais de vilaines grosses mains noires sorties d'une poche encore plus sombre qu'elles. Il n'entend plus ce beau langage, fils des ruelles, minaudé par deux lèvres pincées ; mais de ces phrases court-vêtues dont les amphithéâtres de médecine et de droit ont seuls le secret, attifées d'F... et de B... de la plus magnifique venue. Il ne voit plus de ces divins sourires comme il en naît sous les cils des princesses, mais de ces grosses grimaces dont Callot s'est fait l'interprète. En un mot, le génie de la politesse et de la grâce s'est transformé en un vilain dieu cagneux qu'il faut accueillir avec les mêmes courbettes, le même empressement.

VI.

Si j'étais membre de l'Institut, si seulement j'appartenais à l'une des cinq cent mille Sociétés savantes de l'Europe, je ne m'amuserais pas, en astronome, à compter les habitants de Jupiter et de Vesta ; en naturaliste, à dénombrer les petits insectes du fumier ; en botaniste, à chercher des herbes empoisonnées pour apprendre aux hommes à se tuer les uns les autres ; en chimiste, à faire du sucre avec de vieux sabots ; en antiquaire, à montrer que Dagobert ne portait pas culotte, auquel cas il ne l'a pu mettre à l'envers ; non, mais je me poserais cette question, bien plus curieuse et bien plus difficile à résoudre : le bipède vulgairement appelé garçon de restaurant a-t-il une origine connue ? S'il la possède, l'indiquer minutieusement.

C'est qu'en effet nul n'a jamais pu s'expliquer sur ce point, ceux qu'il concerne moins que tous les autres. J'ai seulement appris qu'on naît garçon comme on naît poète; la vocation du garçon est prédestinée. Pendant quinze ans, le garçon vit en chrysalide : il broute l'herbe fraîche dans les sentiers de la vie, il se forme. Ce temps écoulé, le ver de terre fait place à un brillant papillon bicolore : cravate et chemise blanches, veste et pantalon noirs; quand il est diapré, l'autre couleur est rouge-feu, en général, et se trouve sur la tête. Cette crête est un indice très particulier de la vocation. Si le ciel m'envoie jamais un fils aux cheveux d'or, il sera garçon de restaurant.

Le premier des commandements qu'un garçon doit observer est fort ingénieusement résumé dans ces deux vers :

Dès l'aube tu te lèveras
Pour te raser soigneusement.

Les moins sévères des patrons ne permettent que ces ornements d'un goût si épuré qu'on nomme des favoris en côtelettes. Jadis, avant qu'une loi ne fît du rasoir l'arme quotidienne de la Bazoche, le garçon suivait les errements du bouc et de la gent babillarde :

Barbe et moustache ornaient son frais museau.

Mais depuis, *quantum mutatus !* comme dit Virgile,

*

un poète qui vécut en paix, car il ne connut jamais ni traiteurs, ni tables d'hôte, ni restaurants, ni rien de toute cette engeance dont je voudrais, pour le repos de ma vie, avoir comme lui toujours ignoré l'existence (1).

VII.

Le genre : *Garçons de restaurant*, se subdivise en trois espèces. Il y a :

1.° Le garçon sédentaire ou garçon-garçon ;
2.° Le garçon nomade ;
3.° Le garçon irrégulier.

---

(1) Pères de familles pillés et torturés par vos enfants, ménagères que vos servantes persécutent, fils dont l'amour est entravé par vos familles, jeunes mariés pour qui la lune de miel a fait place à une affreuse lune rousse, vaudevillistes dont les seuls *fantoccini* veulent représenter les ouvrages, amants et maris... trompés, femmes qui soupçonnez la vertu de vos conjoints, concierges expulsés par vos maîtres, rois constitutionnels mis à la porte, vous tous enfin réduits au suicide, ne choisissez ni le poison, il tue trop vite ; ni l'eau, elle est ingrate quelquefois ; ni l'arme à feu, la balle maladroite a des distractions ; ni le rasoir, joujou quand on ne sait pas le manier ; ni la corde, elle se brise et enlaidit ; non, la voie la meilleure pour vous détruire, c'est le restaurant. Il est bien des moyens de destruction, le restaurant est le sublime du genre. Vous pouvez calculer, à vingt minutes près, l'heure où la mort vous atteindra, et ce qu'il y a d'agréable, c'est que cette heure vous pouvez la reculer ou l'avancer à votre gré, en diminuant ou en augmentant les doses. Vous pouvez même, à la veille du jour fatal, renoncer à votre résolution, tout est possible encore, vous en serez quitte pour la goutte souvent, pour la gastrite toujours.

La vie du garçon sédentaire ou garçon-garçon n'est pas fertile en incidents. Il se couche tôt et se lève tard. Les premiers instants de sa journée sont employés à détruire le lit qu'il s'est construit la veille sur les tables du maître ; un matelas, deux draps, une couverture et quelques ustensiles dont il est aisé de se figurer l'emploi, lui suffisent pour dormir en paix. Sa chambre faite, il secoue les chaises, essuie les tables, balaie, met les nappes, remplit les huiliers, moutardiers, etc., nettoie la devanture et lave les poires, les pêches, et les figues de marbre peint de l'étalage, superbes figues, magnifiques pêches, admirables poires qu'on place à l'endroit le plus propice à captiver les regards de la foule, et qui font tous les jours un nombre immense de dupes.

Le garçon nomade est marié. Il a femme et enfants. Il couche en ville et n'apparaît qu'à neuf heures à l'horizon du restaurant. Son service est plus facile ; il n'entre pas dans les rouages intimes de l'administration. Il est moins bonhomme que le garçon sédentaire, mais plus sans façon que l'irrégulier. Doué d'un double visage comme Janus, il arrive souriant au public et s'en retourne de même ; ses colères, ses mines renfrognées sont pour le ménage.

Le garçon irrégulier, comme l'indique son nom, est un *en cas*. Il vient à toute réquisition et remplit par intérim les fonctions du garçon sédentaire en voyage, et celles du nomade alité. Il est plus propre, plus officieux que ses confrères ; il a l'épine dorsale plus flexible devant le maître : il attend la place vacante et se fait bien venir. Curieux, il l'est, c'est son faible ; et cependant il ne voit jamais madame accepter les hommages et les bouquets du grand commis du coin, et monsieur passe inaperçu quand il pince la taille de Minette, la modiste du premier. C'est le loup revêtu des dépouilles du mouton, l'aiglon sous le plumage du tourtereau. Il jettera plus tard le masque; en attendant, c'est le plus charmant des garçons.

VIII.

Le traitement du garçon n'a rien de fixe. A vrai dire, c'est peu de chose; mais son casuel prend des proportions gigantesques, selon la richesse des habitués. Nous avons ouï parler d'un garçon à qui sa platitude auprès des grands valait bon an, mal an, près de deux mille écus. Mais quel comédien ! ses paroles, ses gestes étaient d'un comique achevé. Bien des observateurs philosophes ont payé cher le plaisir de le voir.

Plusieurs sourient comme s'ils doutaient de la vérité de ce dernier point (1). Une anecdote où je joue un rôle les convaincra, je l'espère. Dans ma jeunesse, ma piété était pour ma famille un interminable sujet de conversations; il ne se passait pas de dimanches, de fêtes, que je ne voulusse assister à tous les offices, vêpres et sermons, que je ne fusse toujours le premier à l'église et le dernier. Jamais on ne s'expliqua bien ce goût que rien n'avait pu provoquer; car, à la maison, je n'étais pas autre que tous les jeunes gens de mon âge. On me demanda mille fois mes motifs, je ne répondais pas ou je balbutiais; mais aujourd'hui que je ne crains plus reproches ni empêchements, ma conduite à confesser ne me coûtera pas. J'avoue donc

---

(1) En racontant ces pages avant de les écrire, j'ai pu juger de leur effet.

sans rougir que les quêtes m'attiraient vers Dieu. J'avais plaisir à verser dans les troncs que l'on me tendait les quelques sous de mes menus-plaisirs, et cela, non par charité ni dans un but chrétien, mais pour faire saluer la dame quêteuse qui me faisait toujours les plus gracieuses courbettes du monde, et puis un sourire ! Ah Dieu ! quel sourire! Je donnais un sou : une courbette; je tirais un autre sou : autre courbette; et moi de rire, les mains sur les yeux. On me croyait bien recueilli, l'on me montrait au doigt, l'on chuchottait; je riais plus fort; et la dame quêteuse revenait-elle, j'avais toujours des sous à la main : le gros suisse, qui me connaissait bien, repassait devant moi, l'on dérangeait les voisins, puis sous et saluts recommençaient à pleuvoir. J'étais content, je le suis encore. Non, je n'oublierai jamais les bonnes dames quêteuses.

Mais je ne vous ai pas conté sans raison cette anecdote intime, j'en reviens à mon garçon. Il était grand quoique un peu voûté; car jamais il ne s'asseyait. Sa démarche n'était rapide qu'au besoin, quand on l'appelait. Son visage, entièrement rasé, pâle, semblait un masque cafard, comme en eût désiré Molière pour Laurent, ce valet de Tartuffe, dont il ne nous a transmis que le nom. Ses yeux, pareils à ceux des chiens de faïence, étaient ternes toujours et fixés vers la terre. Enfin, ses reins avaient reçu du ciel une flexibilité que les automates les plus débanchés et les polichinelles les plus agiles n'ont jamais égalée. Mais quelque étonnants que fussent ses dehors, rien n'approchait de son langage. Voici comme il procédait : à peine aviez-vous pris place qu'il arrivait, passait sa main gauche dans une chevelure des plus crêpues, exprimant ainsi ses regrets de n'avoir pas de chapeau à lever, portait sa main droite à son cœur et se courbait jusqu'à terre, puis, se relevant comme un serpent mécanique : « Pardon, monsieur, excuse, disait-il; monsieur a-t-il eu l'obligeance de de prendre la peine de désirer quelque chose. » La chose demandée, il répondait : « Pardon, excuse; monsieur est bien bon d'avoir pris la peine d'exprimer sa pensée. » La commission était promptement faite; il revenait et reprenait avec non moins de cérémonie : « Excuse, pardon, monsieur; voilà ce que monsieur a eu l'obligeance de désirer. » Telles étaient ses formules ordinaires. Il a aujourd'hui 5,000 livres de rentes. Ce n'est que le temps qui manque aux garçons ses successeurs pour être à ce point obséquieux.

IX.

Tournons la médaille du beau côté. Les garçons, eux aussi, ont leur petite dose de vertu, et si quelquefois on en a vu mériter la hart, — j'en prends le ciel à témoin, c'est la faute de leurs maîtres. Des exemples vous le prouveront. j'en cherche. Au premier venu !

COURTE SCÈNE D'INTÉRIEUR.

UN CONSOMMATEUR, *en habit, assis, avalant avec précaution une cuillerée de soupe.*

Hé ! Francastor !

UN AUTRE CONSOMMATEUR, *en blouse, dévorant un morceau de gruyère.*

Francastor ! Plus que ça de nom ! Quel chic !

LE GARÇON.

Monsieur?

PREMIER CONSOMMATEUR, *montrant d'un air dégoûté les bords de son assiette.*

Quel est ce linéament ?

LE GARÇON.

Oh ! Monsieur !

LE CONSOMMATEUR, *même geste.*

Ce linéament ?

LE GARÇON.

Dam !

LE CONSOMMATEUR.

Allez m'en chercher une autre.

LE GARÇON, *prenant l'assiette, grommelant.*

Un *linament !*

LE CONSOMMATEUR.

Une autre soupe, malheureux !

LE GARÇON, *emportant l'assiette.*

Pour un fil !

LE RESTAURATEUR, *venant de l'étalage; d'un air mystérieux, au consommateur.*

Monsieur demande ?

L'AUTRE CONSOMMATEUR, *qui s'est levé.*

Au comptoir, s'il vous plaît !

LE RESTAURATEUR, *sans attendre la réponse du premier consommateur.*

Voilllà ! (*Il court au comptoir*).

LE GARÇON, *revenant avec la même assiette,*

Monsieur, le chef dit que ce n'est qu'un cheveu.

LE CONSOMMATEUR, *frappant la table.*

Mais c'est ce que je me tue à te dire, animal !

LE RESTAURATEUR, *accourant, au consommateur, froi-*
dement.

Animal? (*Au garçon, furieux*). Animal!

LE GARÇON, *s'exaltant par degrés.*

Monsieur dit que c'est un *linament*, ça n'est pas vrai,
c'est un cheveu. Je le soutiens! le chef l'a dit! (*Repoussant l'assiette devant le consommateur.*) La voilà, vot'
soupe!

LE RESTAURATEUR, *ramassant le cheveu, après l'avoir*
examiné, au garçon.

Animal! (*Au consommateur.*) Vous aviez raison! (*Au
garçon.*) Tu t'es donc peigné dans cette soupe? Ap-
porte-s-en une autre et fais venir le chef!

LE GARÇON, *emportant l'assiette.*

Ce n'est pourtant qu'un cheveu!

LE RESTAURATEUR.

Il n'en font jamais d'autres! Je le mets à la porte.

LE CHEF, *accourant, portant un autre potage.*

Monsieur?... Oh! je sais de quoi il s'agit et je viens de
tancer vertement Francastor.

LE GARÇON, *revenant, au restaurateur.*

Monsieur, ils disent tous que c'est moi!

LE RESTAURATEUR.

Eh! oui, c'est toi, saligaud; et tu vas partir sur-le-
champ!

LE GARÇON.

Moi! Ah! c'est trop fort! (*Arrachant le cheveu des
doigts du restaurateur et le regardant.*) Oh! mais c'est
trop fort! (*Il laisse échapper le cheveu qui va tomber
dans la nouvelle soupe apportée par le chef.*)

LE CONSOMMATEUR, *se levant furieux.*

Encore! Oh! oui, c'est trop fort! Plus souvent que je

revienne ! (*Il jette un franc sur la table et s'en va.*)

LE RESTAURATEUR, *poussant Francastor sur le chef.*
Misérable !

LE CHEF, *le repoussant sur le restaurateur.*
Brute !

LE GARÇON.

Moi ! Peut-être ? J'ai tous les cheveux rouges et il est blanc ! (*D'un air triomphant, montrant ce cheveu blanc qui se distingue facilement sur le bouillon.*) Il est blanc ! je ne partirai pas ! Ce n'est pas moi !

LE CHEF, *vivement.*

Ni moi, je pense ! (*Montrant ses cheveux.*) Ils sont d'un noir... comme ceux de monsieur... de charbon !

LA FEMME DU RESTAURATEUR, *jeune délurée, arrivant du fond,*

Allons ! Qu'est-ce que cela ? (*Au chef, montrant la porte de la cuisine.*) Et tout brûle ! (*Au garçon.*) A l'ouvrage donc !

LE RESTAURATEUR, *entraînant sa femme.*

Antonine, je t'ai déjà dit de ne te mêler de rien... Tu n'es pas d'âge, ma chère ; à vingt ans tu commanderas !

LA FEMME DU RESTAURATEUR, *bas à son mari.*

Pas d'âge, moi ! Quand j'ai des cheveux blancs déjà ! Figure-toi que je viens de m'en trouver un tout-à-l'heure dans la cuisine ?

LE RESTAURATEUR, *la repoussant.*
Horreur !

LE PAMPHLÉTAIRE, *qui a tout vu, tout entendu.*

C'est égal, Francastor est parti ! Honneur au courage malheureux !

X.

Mais de toutes les anecdotes qui me soient parvenues à ce propos, voici la moins invraisemblable : les bonnes qualités du garçon parisien s'y montrent à nu. Huissiers, faites faire silence !

LE FESTIN DE BALTHASAR.

La manie des garçons de restaurant et de café a toujours été d'étaler des noms excentriques tirés généralement d'un vocabulaire hébraïque ou tout au moins égyptien. Vous appelez Pierre ! Jacques ! Antoine ! Fi donc ! On vous rit au nez ! Mais balbutiez seulement Balthasar ! et quelque vigoureux enfant des montagnes, la serviette sur le bras, est devant vous, attendant vos ordres avec respect. Or donc, Balthasar grâce à son nom, fit fortune. Sou à sou (1), il amassa de quoi se bâtir un petit

---

(1) L'expression est juste. On ne donne plus de gages fixes aux garçons, même dans les établissements les plus médiocres de Paris. J'affirme sur l'honneur avoir servi dans vingt-deux restaurants et n'avoir jamais été payé autrement que par les deux sous du bénin consommateur. La somme la moins ronde que je me sois faite a été 125 fr. tous les mois ; cela parce que le patron prélevait 25 pour cent sur notre recette quotidienne. J'aurais bien envie de citer une phrase d'Homère pour prouver combien un tel usage est abusif ; mais en fait de langues mortes, je ne connais que le latin et encore un seul mot. Toutefois, comme il se pourrait qu'il eût bonne tournure ici, je le place : « *Erudimini !* »

Un vieux garçon aujourd'hui correcteur, par la permission du pamphlétaire.

château, et, la soixantaine atteinte, se retira dans ses ter-
res, riche d'un million ou peu s'en faut.

Balthasar est seul, sans une femme amie du luxe, sans
parents pauvres, grapilleurs de miettes, et il lui faut manger son fragment de million : embarras mortel ! Pour
commencer, chaque dimanche, il invite une vingtaine de
voisins de campagne et, — voyez la force de l'habitude !
— endossant la casaque traditionnelle, se met à les servir
tour à tour comme un simple garçon ; mais gentil garçon !
Sa réputation d'hôte généreux s'étend au loin : quoi d'é-
tonnant ! Des ventres reconnaissants la propagent.

La Renommée, disent les poètes, a cent bouches : je
voudrais avoir trouvé cela, c'est si vrai ! Un jour, un
marquis parisien — je ne sais lequel, — s'adressant à l'un
des gargottiers des mieux posés de la capitale, *lui tint à
peu près ce langage :*

— Connaissez-vous M. le baron de Balthasar ?

— Un client ?

— Je ne sais,

— Le baron... ?

— De Balthasar !

— Jamais !

— Il aurait jadis fréquenté votre maison... Balthasar,
rappelez-vous ?

— Vous m'illuminez ! Balthasar tout *court* ! sans baron-
nie ! Hé oui !... Thasar, Thasar, comme nous l'appelions :
un grand maigre, sec, jaune, chauve, louche, nasillard et
loquace ! Cet ancien valet, aujourd'hui baron ! C'est à
tremper deux chemises !

— Un ancien valet ? De qui ? De quoi ?

— De nous, parbleu ! C'était l'un de nos garçons le baron de Balthasar ; il nous a servis.

— Ça me désole.

— Vous comptiez lui donner la petite?

— Je comptais dîner chez lui, il tient maison ouverte.

— A tous les vents...?

— A tous venants. De si bons dîners !

— Vous n'irez pas, j'espère ?

— Parbleu... si ! Ventre exige , monsieur le restaurateur, et noblesse affamée n'a point d'oreilles !

Noblesse affamée n'est donc point comme la Renommée; car cette vieille déesse, à laquelle il me faut revenir encore, comme l'autre à ses moutons, transmit cette conversation au garçon retraité.

Furieux d'apprendre telles gaudisseries , Balthasar songe à ce qu'il doit faire pour se venger des rieurs. Une semaine se passe. On le rencontre un matin chargé de papiers; est-il content, nul ne le sait ; mais il court bien fort !

La poste du canton reçoit ce même jour des lettres en ces termes conçues :

« Mon cher Maître,

« Je dépense en excentricités de tout genre, les sommes laborieusement gagnées chez vous. Un chef de cuisine anglais qui me soutire de la bonne façon toute autre chose que mon vin, est chargé de faire apprécier, chaque dimanche, aux amis que m'a faits ma table, les conceptions les plus raffinées de la cuisine moderne. Seriez-vous bon assez pour me venir conter ce que vous pensez de son talent. Ma cave est des mieux garnies : nous dégusterons mes plus anciens *Chypre;* l'Espagne et le Rhin nous fourniront aussi leurs dépouilles. Au surplus, voici la carte du boire et du manger arrêtée par moi (suivait une énumération splendide, à faire pâlir un vieux chanoine). Venez donc, face rubiconde et panse vide. Je vous attends.

« Votre ancien garçon sur le grand chemin de l'abrutissement.

« BALTHASAR. »

Quel art dans ce billet, et que la tentation y revêt des formes séduisantes ! Saint Antoine, tout saint qu'il est, n'eût pu résister à pareille invitation ; il fut venu, il eût imité MM. tels et tels, les vieux patrons. Nul n'y manqua, et tous avaient jeûné trois jours durant ! Ils sont seuls avec leur disciple. Beau cénacle. J'aurais payé cher le plaisir de contempler leur physionomie au moment tant désiré où parut le potage !

Jusqu'au dessert, tout se passa comme chez gens bien élevés : on ne dit mot ; mais on se regarda, on se regarda beaucoup. Le vin manquait ; à peine trois bouteilles de Macon très ordinaire pour dix ou douze convives. « Au dessert, leur disait l'hôte, au dessert, mes amis, comptez sur tout ce que je vous ai promis et sur autre chose encore. » Cette autre chose les intriguait. Balthasar sonna : « Faites venir le chef ! » Grand étonnement dans l'assistance. Avez-vous étudié les drames populaires? L'*imbroglio* se complique-t-il tant soit peu, tous les personnages s'écrient : « Que va-t-il se passer? » Ainsi parlèrent nos maîtres restaurateurs en fixant l'amphitryon.

— Mon ami, dit-il au chef qui venait d'entrer, avez-vous exécuté mes ordres ?

— Oui, Monsieur.

— Comment ! Qu'a-t-il donc fait? disent les convives. L'Anglais allait parler.

— Inutile ! Inutile ! fit Balthasar.

— Nous voulons le savoir !

— Eh bien ! Messieurs, soyez contents. Au lieu de vous servir cette royale cuisine dont je vous avais parlé, il a, moi l'exigeant, assaisonné tous les plats avec les mêmes drogues dont vous vous servez là-bas, tantôt pour exciter la soif de vos clients, tantôt pour fabriquer d'excellents mets sans bourse délier. Par où vous avez péché, vous êtes punis. Béni soit le ciel de m'avoir choisi pour l'instrument de sa vengeance ! Chef, combien est-il entré de bouts de chandelles dans la confection de tout cela ?

S'ils demandèrent leur reste, vous le devinez. Oh ! ce fut gai.

Je me suis laissé dire que quelques-uns en pensèrent rendre l'ame. Voilà le comble ! Ecoutez-moi. Balthasar n'avait pas mis de bouts de chandelles dans les plats du festin, il avait servi d'excellentes choses et ne s'était montré méchant que du bout des lèvres. Plus philosophe qu'on ne pense, il s'était vengé d'une façon tout antique, en ne s'adressant qu'à l'imagination. Humains, sachons-lui en gré !

Et vous, gargottiers, riez ! Vous êtes accoutumés tellement aux ragoûts de l'enfer, qu'un bon dîner vous a semblé tentative d'empoisonnement. La seule fois de votre vie où peut-être vous ayez été bien servis, vous avez fui, pareils à ces sauvages qui, logés au Louvre, regrettaient leurs tentes de coutil ; à les en croire, ce superbe palais allait s'écrouler, et ce n'était que *pierres amassées*. TE-NEATIS RISUM AMICI.

FIN.

Versailles, Imprimerie de *Montalant-Bougleux*.

www.ingramcontent.com/pod-product-compliance
Lightning Source LLC
Chambersburg PA
CBHW061742180626
46818CB00006B/2720